EASTER TREAT

Text and Illustrations by Roger Duvoisin

サンタクロースの
はるやすみ

サンタクロースの はるやすみ

ロジャー・デュボアザン／ぶん・え
小宮 由／やく

大日本図書

きせつは、はるです。
サンタクロースは、
あたたかい
いえの中《なか》から
そとを
ながめていました。
イースターの日《ひ》も
ちかいのに、
サンタクロースの

すむ　ほっきょくは、
まだ　いちめん
ゆきで
おおわれています。
はいいろの　空《そら》と
白《しろ》い　ゆきが、
ちへいせんの
かなたで
くっついていました。

「なあ、おまえ。」
サンタクロースは、おくさんに　いいました。
「ときどき　わしは、この　つめたい　かぜと　ゆきに
あきあきするよ。そこで　すこし　おもちゃづくりを
やすんで、はるやすみを　とろうかと　おもっとる。
町《まち》に　はるの花《はな》を　見《み》に　いくんだ。」
「でも　あなた。」
と、おくさんは　いいました。
「あなたは、クリスマスの　日《ひ》しか、町《まち》に　いっては
いけないんですよ。クリスマスじゃないのに

みんなが　あなたを　見《み》たら、どう　おもうでしょう。」
「うん、そりゃ　わかっとる。」
と、サンタクロースは　いって、こんな　うたを
うたいました。

まっかな　コートに　白《しろ》い　ひげ
クリスマスツリーに　ポインセチア
おいしい　プラムの　プディングに
きらきら　ひかる　プレゼント

「これらは　ぜんぶ　ゆき　つもる　ふゆのものだ。
木《き》は　はを　おとして　くろくなり、とりは、
うたうことを　わすれてしまう。だからこそじゃ、
わしは　この　はる、ラッパズイセンや　チューリップが
さいとるのを　見《み》たい。ライラックの　つぼみの
あいだで、さえずる　ことりの　こえを
ききたいのじゃ。そして　はるの　ひが　ふりそそぐ、
あかるい　とおりを　さんぽするんだ。」

「そんなこと　ばかげてます。」
と、おくさんは　いいました。
「だって　おかしいじゃありませんか。みんなが
クリスマスのことを　すっかり　わすれてしまってる
ときに、あなたが　赤《あか》い　コートを　きて、町《まち》を
さんぽするだなんて。もしかすると、けいさつに
つかまってしまうかも　しれませんよ。」
「その　てん、しんぱいは　いらん。」
サンタクロースは　にっこり　わらって　いいました。

「わしはな、おしのびで　いこうと　おもっとるんじゃ。
つまり、しょうたいを　かくして　いく、というわけだ。
赤《あか》い　コートは　タンスに　しまって、まるで
りょこうに　きた　人《ひと》のような　ふつうの
かっこうで　出《で》かけるんじゃよ。」
　サンタクロースは、しょだなから、
つうはんカタログを　ひっぱりだすと、

りょこうに
きていくのに
ぴったりな
ふくを
ちゅうもん
しました。

たのんだ　にもつを
うけとった
サンタクロースは、
まるで　クリスマスに
プレゼントを
もらった
子《こ》どものように、
わくわくしながら
つつみを　あけました。

サンタクロースは　まず、
じょうひんな
フェルトの　ぼうしを
かぶりました。

つぎに、
パリッと　のりの　きいた、
きいろい　サスペンダーつきの
ズボンを　はき、

それから　まっ白《しろ》な　シャツを　きて、
こうしじまの　ジャケットを　はおりました。
そして、水《みず》たま　もようの　ちょうネクタイも
たのんだのですが、ちょっと　子《こ》どもっぽく
見《み》えるかと　はずかしくなり、
あごひげで　かくしてしまいました。

それから　ピカピカの　かわぐつを　はき、
雨《あめ》が　ふったときのために
かさも　もちました。
「まあ、りっぱに　見《み》えること！」
おくさんは、ほこらしげに　いいました。

つぎの日《ひ》、サンタクロースは、
トナカイに　そりを　つなぐと、
いちばん　ちかい　くうこうへ
とんでいきました。

あたたかい
くにには、
ゆきが
ないので、
そのまま
とんでいくと、
そりが
おりられない
からです。

くうこうに　ついた　サンタクロースは、
さっそく　ひこうきに　のりこみました。
そして、ひこうきは、あたたかい　くにの
大《おお》きな　町《まち》へ　むかって
とび立《た》って　いきました。

はるの　町《まち》なみは、
ふゆと　なんと
ちがうのでしょう！

「まるで　はじめて　きた　町《まち》のようだ。」
と、サンタクロースは　おもいました。
「なにもかもが　あかるく　いきいきとして、
花《はな》たちも　こんなに　さきみだれておる。」
サンタクロースは、こうえんの　ひの　あたる
あたたかい　ベンチに　こしかけ、コマドリが
しばふの上《うえ》を　ピョンピョン　とびはねたり、
ツバメが　すづくりに　つかう　こえだを
あつめたりするのを　ながめていました。

つぎに、とおりを　さんぽしてみました。
クリスマスのとき、クリスマスツリーが
立《た》っていたところには、はるの花《はな》を　うる　でみせが
ならんでいました。
とおりに　ある　おみせの　のきさきには、
チューリップや　ラッパズイセン、レンギョウが
かざられていて、ほかにも　さとうで　できた
イースターの　たまごや、白《しろ》い　うさぎや
ひよこの　ぬいぐるみなどが　おかれていました。

わかい　女《おんな》の人《ひと》たちは、もう　ぶあつい　コートを
きていません。
かるい　むぎわらぼうしを　かぶり、
あかるい　いろの　ふくを　きています。
サンタクロースは　それを　見《み》て、うれしくなりました。
男《おとこ》の人《ひと》たちは、　えがおを　うかべ、
かるい　あしどりで　あるいています。
サンタクロースは、みんなと　にっこり
えしゃくしました。

なんだか　うきうきしてきた
サンタクロースは、
ラッパズイセンを　一《いち》りん　かうと、
むねポケットに　さし、
あたたかくて　しあわせな　きぶんで、
さんぽを　つづけました。

サンタクロースは、あるきながら　口《くち》ぶえを
ふきはじめました。
ところが、とおりすぎる　人《ひと》たちに、ジロジロと
見《み》られてしまったので、すぐに　やめました。
ふいていた　きょくが
ジングル・ベルだったからです。
はるなのに　ジングル・ベルだなんて！

「おっと　いけない。」
と、サンタクロースは　おもいました。
「わしは　おしのびで　きとるんじゃった。
ばれないように　しなくては。」
とおりを　まがると、たくさんの　子《こ》どもたちが、
なわとびや　ビーだま　あそびを　していました。
しばらく　ながめていると、ひとりの　女《おんな》の子《こ》が、
うたを　うたいながら、とびはねて
やってきました。

あれあれ　おかしい　このおじいさん
サンタの　おひげと　赤《あか》い　はな
キラキラ　ひかる　おめめまで
ぬすんで　じぶんに　つけちゃった

サンタクロースは　びっくりしました。
おしのびで　きたとはいえ、どろぼう　あつかいは
されたく　ありませんでした。
「おじょうちゃん、それは　ちがうよ。」
と、サンタクロースは　いいました。

「わしは　サンタクロースから　なんにも
ぬすんじゃいない。」
ところが、ほかの　子《こ》どもたちも　あつまってきて、
サンタクロースを　とりかこむと、おどりながら
うたいだしました。

いや　いや
ぬすんだ　おじいさん
白《しろ》い　おひげと
赤《あか》い　はな
キラキラ　ひかる　おめめまで
サンタさんから　とったのさ

すっかり　とりみだしてしまった　サンタクロースは、
じぶんが　しょうたいを　かくしている　ことなど
わすれてしまいました。

おい　おい　おおきい　子《こ》どもたち
ひげは　まえから　わしのもの
赤《あか》い　はなも　わしのもの
この　目《め》だって　もちろんさ
なぜなら　わしは　サンタクロース！

それを　きいた　子《こ》どもたちは、
わっと　わらいだしました。

うそだ　うそだ　そんなこと
サンタは　くろい　ブーツ　はき
赤《あか》い　コートに　みを　つつみ
赤《あか》い　ぼうしを　かぶってる
サンタが　くるのは　クリスマス
はるなんかには　こないのさ

子《こ》どもたちは、サンタクロースの　いうことを
しんじませんでした。
そこへ　とおりかかった　人《ひと》たちが、
なにごとかと　立《た》ちどまり、あっというまに
人《ひと》だかりが　できてしまいました。
わの　まん中《なか》に　いる　おじいさんが、
「わしは　サンタクロースじゃ！」
と　さけんでいたのです。

さわぎを
ききつけた
おまわりさんが
かけつけました。
「いったい
なにごと
ですか？」

すると、子《こ》どもたちが　いっせいに
しゃべりだしました。
「この　おじいさんがね、
じぶんの　ことを
サンタクロース　だって
いってるんだよ。」

「ええ、もちろん　そうです、おまわりさん。
わしは　サンタクロースです。」
と、サンタクロースは　いいました。
「なんだって？」
と、おまわりさんは　いいました。
「あなたが　サンタクロース？　ふむ。ちょっと
わたしと　きてもらいましょうか。」
おまわりさんは、サンタクロースのかたに　手《て》を
かけると、けいさつしょまで　つれていきました。

けいさつしょに　つくと、おまわりさんは、
しょちょうさんに　いいました。
「この　ごろうじんは、じぶんが　サンタクロースだと
いって、へいわな　わが町《まち》の　とおりで　さわぎを
おこしておりました。」
「それは　いけませんね。」
しょちょうさんは、おもおもしい　ちょうしで
いいました。
「わが　町《まち》では、そういった　こういは

ゆるされて
おりません。」
「じゃが
わしは、
どうしたって
サンタクロース
なのじゃ！」
と、サンタクロースは
さけびました。

「ここでは、この　わたし　いがい、そんな
大《おお》きな　こえを　出《だ》しては　いけません。」
しょちょうさんが　ピシャリと　いうと、
サンタクロースは、いいました。
「しかし、見《み》たまえ、フーリガンしょちょう。
わしはな……」
「んん？　なぜ　わたしの　名《な》まえを　しっている？」
しょちょうさんは、　はなしを　きって　いいました。

「サンタクロースは、なんだって　しっとる。
そう　なんでもじゃ。この　まえの　クリスマス、
おまえさんの　うちに　どんな　プレゼントを
とどけたか　おしえてやろうか？　おまえさんには
あおい　パジャマ、おくさんの　アリスには
うでどけい、むすこの　ボビーには、うごく
でんしゃの　おもちゃを　もってきたはずじゃ。
どうじゃね？　これでも　わしは、
サンタクロースじゃない、といえるかね？」

「な、なんてこった！」
しょちょうさんは、びっくりして　こえを　あげました。
「たしかに　それは、きょねん、サンタクロースが
くれたものだ。」
「つづきも　あるぞ。」
サンタクロースは　にこっと　ウインクを　して
いいました。
「おまえさん、その　あおい　パジャマを　花《はな》やへ
もっていって、花《はな》と　こうかんしたろう？」

「そ、そうだ。うちの　つまは、花《はな》が
すきなものだから……。」
しょちょうさんは、かおを　まっかにしながら
いいました。
「それで　りっぱな　花《はな》たばを　手《て》に
入《い》れたってわけじゃな。」
と、サンタクロースは　いいました。
「さ、これで　わかったかな。サンタクロースは
なんでも　しっておるし、なんでも
おぼえとるってことを。」

そして　サンタクロースは、
ドアのほうを　ふりかえると、
入口《いりぐち》に　おしかけている
子《こ》どもたちの　名《な》まえを
ひとり　ひとり、
いい　あてて　いきました。
「おまえさんは　メアリーだね。
クリスマス　プレゼントは、
あおい　ふくを　きた

オランダ
にんぎょう
だった
はずじゃ。
その
にんぎょうは
いま、
かたほうの
くつを
なくしてるね？

そしたら　だいどころの　ストーブの下《した》を
のぞいて　ごらん。こねこが　あそんで　そこへ
おしこんでしまったのだよ。」
「おまえさんは、ウイリアムだ。プレゼントは
えのぐセットだったね。おまえさんは　とても　いい
えを　かく。だが、へやの　かべに　かいちゃいかんぞ。
わかったね、ウイリアム。」
「アンや、おまえさんに　とどけた　ほっきょく　ぐまの
ぬいぐるみは、うちの　まわりに　いる　ほんものと

そっくりに　できているんだよ。」
「ドリー。おまえさんの　くつ下《した》には、
ぎんのネックレスを　入《い》れておいたはずだ。」
「そして、トミー。おまえさんには　やきゅうの
ユニフォームだったね。」
「それから　テッド、ノラ、ビリー、
そして　ジミーは……。」
ところが、もう　そのころには、だれも、
サンタクロースのはなしを　きいていませんでした。

子《こ》どもたちは　もちろん、とおりすがりの
おとなまで、サンタクロースを　とりかこみ、
サンタクロースに　だきつくやら　キスするやら
もみくちゃに　なっていたのです。
おかげで、サンタクロースの　じょうひんな
フェルトの　ぼうしは、ぺたんこに　なり、
むねポケットに　さしていた　ラッパズイセンは、
へたっと　しなびてしまいました。

「ああ、サンタさん！
ほんものの
サンタさんが
いらっしゃるとは…。」
しょちょうさんと
おまわりさんは、
えがおを
うかべ、なんども
そう　いって　いました。

サンタクロースと　だきあい、キスを　した
町《まち》の人《ひと》たちは、サンタクロースを　つれ出《だ》して、
イースターで　いろどられた、はなやかな
はるの町《まち》を　あんないしてくれました。
そして、あちこち　おみせに　立《た》ちよっては、
サンタクロースや　サンタクロースの　おくさんへ
プレゼントを　かってくれたのです。

FLO
HAPP

みんなの　せいだいな　見《み》おくりの中《なか》、
サンタクロースは　やっと　かえりの　ひこうきに
のりこみました。
そして、トナカイたちの　まつ　ひこうじょうへと
むかいました。
サンタクロースは、ずっと　にこにこしていました。
とても　しあわせだったからです。
トナカイの　ひく　そりは、いつもなら
しゅっぱつのときに　プレゼントが　ぎっしり

つまれていますが、こんどは　ぎゃくでした。
かえりみちに、サンタクロースと　サンタクロースの
おくさんへの　プレゼントで　ぎっしり　だったのです。
その　プレゼントは、さとうで　できた　イースターの
たまごや　チョコレートの　たまご、きれいに
ぬられた　たまごや　さとうで　できた　イースターの
うさぎ、きいろい　リボンを　まいた　ほんものの
うさぎや　ぬいぐるみの　ひよこ、ラッパズイセンや
チューリップの　花《はな》たばなどでした。

それから　サンタクロースの
おくさんに、イースターに　きる
ドレスや　花《はな》かざりの　ついた
ぼうしも　ありました。
こうして、ことしの
サンタクロースと　おくさんの
はるやすみは、とくべつな
ものに　なりました。

はるやすみが　おわると、サンタクロースは、
また　おもちゃづくりに　とりかかりました。
サンタクロースは　きめました。
ことしの　クリスマスは、これまでよりも
もっと　すてきな　おもちゃを　つんで、
みんなに　くばりに　いこうとね。

おしまい

ロジャー・デュボアザン（1904-1980）

スイス、ジュネーブ生まれ。幼少期は画家の祖母の影響から絵を描き、本が好きで動物記を好んで読んだ。美術学校を卒業後、スイス、フランスでデザインの仕事をし、1925年、ルイーズ・ファティオと結婚。23歳の時に夫婦で渡米し、テキスタイルの仕事に就く。その後、ニューヨークで雑誌や本の広告画を描きながら、1932年に絵本作家としてデビュー。1938年にアメリカへ帰化し、1948年『しろいゆき あかるいゆき』（BL出版）で、コルデコット賞を受賞。その他に『がちょうのペチューニア』（冨山房）『クリスマスのまえのよる』（主婦の友社）など多数。

小《こ》宮《みや》 由《ゆう》（1974- ）

東京生まれ。大学卒業後、出版社勤務、留学を経て、子どもの本の翻訳に携わる。東京・阿佐ヶ谷で家庭文庫「このあの文庫」を主宰。祖父はトルストイ文学の翻訳家、北御門二郎。主な訳書に、「こころのほんばこ」シリーズ、「ぼくはめいたんてい」シリーズ（大日本図書）、「テディ・ロビンソン」シリーズ（岩波書店）など、他多数。

こころのほんばこ

子どもたちがワクワクしながら、主人公や登場人物と心を重ね、うれしいこと、悲しいこと、楽しいこと、苦しいことを我がことのように体験し、その体験を「こころのほんばこ」にたくさん蓄えてほしい。その積み重ねこそが、友だちの気持ちを想像したり、喜びをわかちあったり、つらいことがあってもそれを乗り越える力になる、そう信じています。——小宮由（訳者）

こころのほんばこシリーズ
サンタクロースの はるやすみ
2017年2月20日　第1刷発行
2022年2月28日　第3刷発行

作者　ロジャー・デュボアザン
訳者　小宮 由
発行者　藤川 広
発行所　大日本図書株式会社
〒112-0012　東京都文京区大塚3-11-6
URL　https://www.dainippon-tosho.co.jp
電話：03-5940-8678（編集）
03-5940-8679（販売）
048-421-7812（受注センター）
振替：00190-2-219
デザイン　大竹美由紀
印刷　株式会社精興社
製本　株式会社若林製本工場

ISBN978-4-477-03071-5　64P　21.0cm × 14.8cm
NDC933

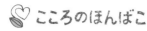